搖 錢 樹 人 小 金

姚念廣 著

擁有萬年壽命的樹人夫妻，終於生下了他們的第一個孩子，取名為「小金」。與夫妻倆從小就是好朋友的精靈「狄安娜」帶著「萬靈藥」拜訪祝賀他們。

博学ㄅㄛˊㄒㄩㄝˊ的ㄉㄜ˙狄ㄉㄧˊ安ㄢ娜ㄋㄚˋ注ㄓㄨˋ意ㄧˋ到ㄉㄠˋ小ㄒㄧㄠˇ金ㄐㄧㄣ頭ㄊㄡˊ上ㄕㄤˋ的ㄉㄜ˙
钱ㄑㄧㄢˊ便ㄅㄧㄢˋ說ㄕㄨㄛ：「小ㄒㄧㄠˇ金ㄐㄧㄣ是ㄕˋ每ㄇㄟˇ隔ㄍㄜˊ五ㄨˇ千ㄑㄧㄢ年ㄋㄧㄢˊ才ㄘㄞˊ會ㄏㄨㄟˋ
誕ㄉㄢˋ生ㄕㄥ的ㄉㄜ˙搖ㄧㄠˊ錢ㄑㄧㄢˊ樹ㄕㄨˋ人ㄖㄣˊ呢ㄋㄜ˙！」

狄ㄉㄧˊ安ㄢ娜ㄋㄚˋ提ㄊㄧˊ醒ㄒㄧㄥˇ：
「要ㄧㄠˋ小ㄒㄧㄠˇ心ㄒㄧㄣ壽ㄕㄡˋ命ㄇㄧㄥˋ約ㄩㄝ百ㄅㄞˇ年ㄋㄧㄢˊ的ㄉㄜ˙人ㄖㄣˊ族ㄗㄨˊ。」

「他們為了在短暫的生命中加快文明發展而需要很多錢，在小金能控制生錢能力前，最好遠離人族。」

狄安娜說小金要等到成年後才能自然地控制自己的能力。

小金的父母聽從狄安娜的建議，帶著小金搬去遠離人族的深山祕林居住。

小金在深山祕林中愉快地成長，
魔物朋友們都不在意他頭上的錢。

偶ㄡˇ爾ㄦˇ，狄ㄉㄧˊ安ㄢ娜ㄋㄚˋ會ㄏㄨㄟˋ帶ㄉㄞˋ來ㄌㄞˊ各ㄍㄜˋ種ㄓㄨㄥˇ書ㄕㄨ，小ㄒㄧㄠˇ金ㄐㄧㄣ因ㄧㄣ而ㄦˊ對ㄉㄨㄟˋ深ㄕㄣ山ㄕㄢ
祕ㄇㄧˋ林ㄌㄧㄣˊ之ㄓ外ㄨㄞˋ的ㄉㄜ˙世ㄕˋ界ㄐㄧㄝˋ感ㄍㄢˇ到ㄉㄠˋ好ㄏㄠˇ奇ㄑㄧˊ。

小_{ㄒㄧㄠˇ}金_{ㄐㄧㄣ}希_{ㄒㄧ}望_{ㄨㄤˋ}自_{ㄗˋ}己_{ㄐㄧˇ}能_{ㄋㄥˊ}像_{ㄒㄧㄤˋ}烏_{ㄋㄧㄠˇ}一_ㄧ樣_{ㄧㄤˋ}自_{ㄗˋ}由_{ㄧㄡˊ}地_{ㄉㄧˋ}翱_{ㄠˊ}翔_{ㄒㄧㄤˊ}於_{ㄩˊ}世_{ㄕˋ}界_{ㄐㄧㄝˋ}，而_{ㄦˊ}不_{ㄅㄨ}是_{ㄕˋ}只_{ㄓˇ}從_{ㄘㄨㄥˊ}書_{ㄕㄨ}上_{ㄕㄤˋ}去_{ㄑㄩˋ}看_{ㄎㄢˋ}。

於是有一天，小金帶著萬靈藥偷偷地離家了！他想著：「要是不小心在外面受傷了，就用這個治療。」

小_{ㄒㄧㄠ}金_{ㄐㄧㄣ}見_{ㄐㄧㄢ}到_{ㄉㄠ}了_{ㄌㄜ}從_{ㄘㄨㄥ}未_{ㄨㄟ}見_{ㄐㄧㄢ}過_{ㄍㄨㄛ}的_{ㄉㄜ}海_{ㄏㄞ}邊_{ㄅㄧㄢ}風_{ㄈㄥ}景_{ㄐㄧㄥ}，
他_{ㄊㄚ}想_{ㄒㄧㄤ}著_{ㄓㄜ}：「原_{ㄩㄢ}來_{ㄌㄞ}海_{ㄏㄞ}水_{ㄕㄨㄟ}鹹_{ㄒㄧㄢ}鹹_{ㄒㄧㄢ}的_{ㄉㄜ}呢_{ㄋㄜ}！」

當_{ㄉㄤ}小_{ㄒㄧㄠ}金_{ㄐㄧㄣ}在_{ㄗㄞ}玩_{ㄨㄢ}的_{ㄉㄜ}時_ㄕ候_{ㄏㄡ}被_{ㄅㄟ}人_{ㄖㄣ}族_{ㄗㄨ}的_{ㄉㄜ}
盜_{ㄉㄠ}賊_{ㄗㄟ}團_{ㄊㄨㄢ}發_{ㄈㄚ}現_{ㄒㄧㄢ}了_{ㄌㄜ}！

盜賊老大說：「是搖錢樹人啊！抓住他就有用不完的錢啦！」

盗(ㄉㄠˋ)賊(ㄗㄟˊ)團(ㄊㄨㄢˊ)帶(ㄉㄞˋ)著(ㄓㄜˇ)貪(ㄊㄢ)念(ㄋㄧㄢˋ)追(ㄓㄨㄟ)逐(ㄓㄨˊ)著(ㄓㄜˇ)
充(ㄔㄨㄥ)滿(ㄇㄢˇ)恐(ㄎㄨㄥˇ)懼(ㄐㄩˋ)的(ㄉㄜˊ)小(ㄒㄧㄠˇ)金(ㄐㄧㄣ)。

「終於讓我找到
你們這群壞蛋啦！」
一名人族的騎士說完後，
便挺身而出替小金解危。

騎士將盜賊團抓住，要小金別再恐懼。

小ㄒㄧㄠˇ金ㄐㄧㄣ發ㄈㄚ現ㄒㄧㄢˋ騎ㄑㄧˊ士ㄕˋ手ㄕㄡˇ受ㄕㄡˋ傷ㄕㄤ了ㄌㄜ，
於ㄩˊ是ㄕˋ拿ㄋㄚˊ出ㄔㄨ萬ㄨㄢˋ靈ㄌㄧㄥˊ藥ㄧㄠˋ。

果ㄍㄨㄛˇ然ㄖㄢˊ成ㄔㄥˊ功ㄍㄨㄥ治ㄓˋ好ㄏㄠˇ
了ㄌㄜ騎ㄑㄧˊ士ㄕˋ的ㄉㄜ傷ㄕㄤ。

騎士對小金說：「我想是你的生錢能力招來了危險。」

騎士給了小金魔導具「尋人瓢蟲」並說：「我叫作米娜瓦，若你能控制住能力，就使用它來找我，我會請你吃超多種冰！」

小金回家後跟父母說：
「我不要再等，我現在就要控制自己的能力！」

小金的父母去請狄安娜想辦法，狄安娜表示小金必須進行修練才能及早控制能力。

25

狄ㄉㄧˊ安ㄢ娜ㄋㄚˋ先ㄒㄧㄢ讓ㄖㄤˋ小ㄒㄧㄠ金ㄐㄧㄣ進ㄐㄧㄣˋ行ㄒㄧㄥˊ「面ㄇㄧㄢˋ對ㄉㄨㄟˋ恐ㄎㄨㄥˇ懼ㄐㄩˋ」的ㄉㄜ˙修ㄒㄧㄡ練ㄌㄧㄢˋ。

像是去幫住在遺蹟的龍王修剪指甲。

當小（ㄒㄧㄠˇ）金（ㄐㄧㄣ）敢（ㄍㄢˇ）於（ㄩˊ）面（ㄇㄧㄢˋ）對（ㄉㄨㄟˋ）恐（ㄎㄨㄥˇ）懼（ㄐㄩˋ）之（ㄓ）後（ㄏㄡˋ），狄（ㄉㄧˊ）安（ㄢ）娜（ㄋㄚˋ）便（ㄅㄧㄢˋ）訓（ㄒㄩㄣˋ）練（ㄌㄧㄢˋ）小（ㄒㄧㄠˇ）金（ㄐㄧㄣ）「自（ㄗˋ）我（ㄨㄛˇ）對（ㄉㄨㄟˋ）話（ㄏㄨㄚˋ）」。

像是跟著雲上的仙人冥想。

曾經，小金把生錢能力視為招來危險的恐懼存在，如今，經過面對恐懼的修練之後，他終於能面對自己的能力。

小ㄒㄧㄠˇ金ㄐㄧㄣ願ㄩㄢˋ意ㄧˋ面ㄇㄧㄢˋ對ㄉㄨㄟˋ自ㄗˋ己ㄐㄧˇ的ㄉㄜ˙能ㄋㄥˊ力ㄌㄧˋ後ㄏㄡˋ，再ㄗㄞˋ透ㄊㄡˋ過ㄍㄨㄛˋ自ㄗˋ我ㄨㄛˇ對ㄉㄨㄟˋ話ㄏㄨㄚˋ的ㄉㄜ˙修ㄒㄧㄡ練ㄌㄧㄢˋ，鼓ㄍㄨˇ勵ㄌㄧˋ與ㄩˇ相ㄒㄧㄤ信ㄒㄧㄣˋ自ㄗˋ己ㄐㄧˇ能ㄋㄥˊ好ㄏㄠˇ好ㄏㄠˇ控ㄎㄨㄥˋ制ㄓˋ能ㄋㄥˊ力ㄌㄧˋ。

小金在完成修練後，不再隨時隨地掉落錢，而是可以自己控制這件事情。

小ㄒㄧㄠˇ金ㄐㄧㄣ的ㄉㄜ˙父ㄈㄨˋ母ㄇㄨˇ同ㄊㄨㄥˊ意ㄧˋ他ㄊㄚ去ㄑㄩˋ人ㄖㄣˊ族ㄗㄨˊ的ㄉㄜ˙城ㄔㄥˊ市ㄕˋ
找ㄓㄠˇ米ㄇㄧˇ娜ㄋㄚˋ瓦ㄨㄚˇ吃ㄔ冰ㄅㄧㄥ。

33

狄安娜對小金說：「剛好我也想去人族的城市買點書籍，我陪你一起去吧。」

狄安娜對小金說：「看到城堡表示快到目的地，你可以釋放尋人瓢蟲了。」

小ㄒㄧㄠˇ金ㄐㄧㄣ與ㄩˇ狄ㄉㄧˊ安ㄢ娜ㄋㄚˋ到ㄉㄠˋ了ㄌㄜ˙城ㄔㄥˊ市ㄕˋ後ㄏㄡˋ，感ㄍㄢˇ到ㄉㄠˋ非ㄈㄟ常ㄔㄤˊ
訝ㄧㄚˋ異ㄧˋ：店ㄉㄧㄢˋ家ㄐㄧㄚ都ㄉㄡ暫ㄓㄢˋ停ㄊㄧㄥˊ營ㄧㄥˊ業ㄧㄝˋ、路ㄌㄨˋ上ㄕㄤˋ的ㄉㄜ˙人ㄖㄣˊ們ㄇㄣ˙
也ㄧㄝˇ都ㄉㄡ戴ㄉㄞˋ著ㄓㄜ˙口ㄎㄡˇ巾ㄐㄧㄣ。

一名戴王冠的女士來到了小金面前,小金對她說:「原來妳是國王呀!」米娜瓦說:「扮騎士抓壞蛋是我的興趣,嘻嘻!」

米娜瓦說：「想必你已經努力學會了控制能力，但現在人族的流行病太嚴重，國家已沒錢買藥治病，人民幾乎都病倒了，不好意思沒辦法請你吃冰了。」

小ㄒㄧㄠˇ金ㄐㄧㄣ說ㄕㄨㄛ：「就ㄐㄧㄡˋ用ㄩㄥˋ我ㄨㄛˇ生ㄕㄥ的ㄉㄜ˙錢ㄑㄧㄢˊ買ㄇㄞˇ藥ㄧㄠˋ呀ㄧㄚ˙！」
米ㄇㄧˇ娜ㄋㄚˋ瓦ㄨㄚˇ聽ㄊㄧㄥ了ㄌㄜ˙後ㄏㄡˋ拒ㄐㄩˋ絕ㄐㄩㄝˊ說ㄕㄨㄛ：「不ㄅㄨˋ！我ㄨㄛˇ不ㄅㄨˋ
能ㄋㄥˊ利ㄌㄧˋ用ㄩㄥˋ友ㄧㄡˇ誼ㄧˋ！這ㄓㄜˋ是ㄕˋ不ㄅㄨˋ對ㄉㄨㄟˋ的ㄉㄜ˙！」

狄安娜對國王說：「您好，我是小金的導師，我建議您用交易形式來處理，讓小金向您的國家買一百年份的冰，這樣小金能得到冰，而國家也有錢買藥，這是雙贏。」

米ㄇㄧˇ娜ㄋㄚˋ瓦ㄨㄚˇ感ㄍㄢˇ動ㄉㄨㄥˋ地ㄉㄧˋ說ㄕㄨㄛ：「我ㄨㄛˇ明ㄇㄧㄥˊ白ㄅㄞˊ了ㄌㄜ！謝ㄒㄧㄝˋ謝ㄒㄧㄝˋ充ㄔㄨㄥ滿ㄇㄢˇ智ㄓˋ慧ㄏㄨㄟˋ的ㄉㄜ精ㄐㄧㄥ靈ㄌㄧㄥˊ導ㄉㄠˇ師ㄕ！謝ㄒㄧㄝˋ謝ㄒㄧㄝˋ我ㄨㄛˇ最ㄗㄨㄟˋ慷ㄎㄤ慨ㄎㄞˇ的ㄉㄜ朋ㄆㄥˊ友ㄧㄡˇ小ㄒㄧㄠˇ金ㄐㄧㄣ！」

之後，人民病好了，城市開始復興，
大家都把小金當成英雄來感謝。

小金受邀到國王家作客吃冰，他想著：「原來我的能力能幫助到很多人，太棒了！」

47

作者簡介 / 姚念廣

1988 年生，跨領域職涯中活躍於藝文並著有數本著作，著作榮獲選「義大利波隆那兒童書展」、榮登「博客來童書／青少年文學新書榜」與「博客來今日即時榜」，以及榮受出版社提報「墨西哥瓜達拉哈拉書展」、「金典獎」及「金鼎獎」，且改編成兒童舞臺劇公演；短篇創作獲《航海王》活動方分享；因減重 24kg、險失明後出書圓夢及在 flyingV 辦公益環島而被稱為熱血奶爸作家，追求人生樂活卓越。

著有《那半年，我減了 24 公斤！》、《星座學園上課了！》、《好看好學的簡筆畫 1：打怪收妖篇》、《人類村子的小鬼怪葉羅》及《不愛打獵的唐伯虎想畫畫》。

作者的話

　　各位讀者好，我是念廣，很開心能在作家出道的第十年順利推出個人的第六本著作，感謝讀者們的支持。浪漫總喜於凌晨約四點時熱情喚醒我，此刻的月亮仍精神奕奕掛在窗外，熱咖啡、上耳機，趁愛妻與兒子熟睡時將自己沉浸於創作之海。一段時間後，安靜的太陽已升起，鬧鐘從現實中突破耳機把我由創作之海捕出，我便喚醒兒子以陪他運動與練習生活自理，之後將早餐準備好便把兒子交棒給愛妻，認分地出門為能養家育兒的五斗米折腰，就這樣過了一年多而總算完成了這個作品，希望讀者們會喜歡這次的故事。

　　這次的故事，有別於我以往都是先想好故事再想角色，而是先有角色才有故事。身為一個主要在童書領域努力的創作者同時也是一個父親的我，自然也閱讀了一定數量的童書，我發現童書裡的主要角色大多喜歡以動物來擬人化說故事，當然，別說是小朋友了，就連我自己也很喜歡動物，所以這是童書領域很常見也受歡迎的角色設計選擇，但我也常想，是不是能有更多植物擬人化的角色在童書中出現呢？

我本身很喜歡植物且在家養了一些盆栽，大學時期也選修了些植物相關課程，因此，「想要設計出植物擬人化的角色」，讓喜歡植物的我有初期的創作動力，再加上入選「義大利波隆那兒童書展」的肯定，讓我更有了信心勇於嘗試植物角色設計的挑戰，對於要工作賺錢和兼顧家庭的我來說，現階段個人的時間非常稀缺與珍貴，每做一個決定或挑戰都是要考慮的。而當我想好小金這個搖錢樹人的角色之後，就像是被打雷打中一般地靈感襲來，我很幸運地知道自己想藉由小金來跟我的兒子、小朋友，以及大朋友聊聊關於「個人特質」的故事。

　　韓國近期有一部描述自閉症律師的影劇受到熱烈討論，主角雖然有社交方面等自閉特質的障礙，但卻有著超人般的記憶力與想像力，最終以第一名的成績從大學法律系畢業進入到社會為社會服務，而現實生活也確實有類似的故事，如：美國的自閉症律師 Haley Moss。我讀過有關自閉症的一些文獻，得知了輕度、高功能或泛自閉症患者，透過訓練或治療而克服或降輕自閉特質或障礙後，成年後仍能在某些行業或領域中取得一定成就，

甚至表現得相當好，並且就像一般人一樣能自理生活。

因此，希望本作能鼓勵大家給不同特質的人更多的支持與關愛，且擁有更多的同理心，以幫助他人更加地融入社會過生活。

而以普羅大眾來說，不是每個人都有機會能做自己想做的事，通常是因為被環境因素所受限，即使你已經很確信自己的才華在哪個領域，仍需要努力、忍耐及運氣才有機會踏上理想的舞臺，像是一些世界上的知名作家在成名暢銷之前，或許在很辛苦的環境工作、或許身體患病有困難、或許遇不到出版社的賞識、或許所處的市場過小等等……他們經過了一段不放棄的追尋，才終於實現目標，而對比其他職業或身分，亦是如此，做自己想做的事通常並非一蹴可幾。因此，希望本作也能給正在為自己目標努力的人一些鼓舞，更希望能邀請與鼓勵具有資源及能力、可成為他人希望或貴人的人，更加主動地伸出援手去幫助他人。社會文明的發展來自於眾人，相信當每個人都能發光發熱時，我們的社會也才會更加地發展起來而越來越好，天賦的框架框不住渴望邁進的靈魂，共勉之。

然後，我很喜歡在閱讀作品的時候找「彩蛋」，因此，我也準備了一些彩蛋希望提供讀者趣味感，像是故事中只有小金跟米娜瓦會一直換服裝，想隱喻的是因為樹人跟精靈相較於人類都是長壽的種族，可以活上萬年，他們因此有著豐富的人生閱歷與資源累積，他們通常不需要太多改變就可以做自己想做的事，但是小金是想控制自身能力而成長與改變的人，而米娜瓦則是壽命與思想不斷地在前進，因此我只在故事中讓這兩位要角進行換服裝。當然，還有其他的彩蛋，就等著讀者去發現，或是，你可以寫信問我藏了些什麼，呵呵呵！

　　還有，我加入了「金錢」、「壽命」與「時間」的概念，目的是為了激起低年級小朋友對於它們的興趣或想像。我小時候有很多感興趣的新知識都是看圖畫書或漫畫獲得的，像是對於「萬年」這個概念我就是從恐龍圖書中瞭解的，確實有些概念在小時候讀到的當下，礙於我的年齡會不懂，但是我會去問大人，請大人教我，甚至自己找答案或思考，然後我就懂了！所以加入了一點難懂的概念，希望增加小朋友的求知欲望，也增加親子或

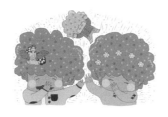

師生共讀互動的機會，當然，家長和老師可能就要花點心思想想怎麼跟小朋友解釋了，請原諒我幫您們添工作，呵呵呵！

最後，感謝秀威出版社的青睞，很榮幸又能再次合作一起努力推出新的本土作品，在此特別感謝秀威團隊不管是之前提報我的各本著作參加國內外大獎、提供我回母校演講與參展時所需的公關資源、或是授權故事讓劇團演出舞臺劇等等的幫助，讓我有幸從人們那裡獲得了很多的尊重，也創造了我作家生涯中從未想過的各種奇蹟；感謝熱情又專業的編輯孟人玉，每次書信往來都可從文字中得到熱情的動力及能量，並仔細又耐心地檢查用語的正確發音，且以專業角度將各方意見整合來調整作品，讓作品更加地昇華與完善；感謝非常辛苦的美術編輯吳咏潔，非常配合修改調整需求，且努力地透過專業的版面設計幫作品畫龍點睛，讓讀者更加容易閱讀作品；感謝兒子樂謙讓我有創作的動力、感謝愛妻筱君照顧家庭並給予我支持、在生活上常照顧我們一家三口的父母與岳父母、親友團及讀者朋友的支持鼓勵！

人類村子的小鬼怪葉羅
建立自我認同並學會包容！

鬼怪嬰兒「葉羅」被放在木桶中隨水漂流，被人類婦人撿到後，不僅細心撫養他長大，葉羅和村裡小孩也相處得很好。直到有一天，外地來的赤鬼和青鬼發現了葉羅，他們說：
「鬼怪都討厭人類。」
一邊是家人和朋友，一邊是自己的族人，葉羅該怎麼辦呢？

不愛打獵的唐伯虎想畫畫
鼓勵孩子不要輕易放棄所愛！

當上獵人是虎人族的最高榮耀，但族長的兒子「伯」卻討厭打獵。被趕出部落的他並沒有放棄夢想，仍然努力生活並追求心所嚮往的繪畫之道。可是因為虎人族的身分，沒有人相信他會畫畫，作品完全賣不出去。直到一位商人朋友替他取了人類藝名「唐伯虎」，才逐漸打開知名度，甚至深受國王喜愛！

「要是能用我的真名展出就好了⋯⋯」

看著自己的畫作在國王生日宴會上展出，唐伯虎不禁懷疑當初的決定正確嗎？

兒童‧童話7　PG2919

搖錢樹人小金

圖‧文／姚念廣
責任編輯／孟人玉
圖文排版／吳咏潔
封面設計／吳咏潔

出版策劃／秀威少年
製作發行／秀威資訊科技股份有限公司
114 台北市內湖區瑞光路76巷65號1樓
電話：+886-2-2796-3638
傳真：+886-2-2796-1377
服務信箱：service@showwe.com.tw
http://www.showwe.com.tw

郵政劃撥／19563868
戶名：秀威資訊科技股份有限公司
展售門市／國家書店【松江門市】
104 台北市中山區松江路209號1樓
電話：+886-2-2518-0207
傳真：+886-2-2518-0778

網路訂購／秀威網路書店：https://store.showwe.tw
　　　　　國家網路書店：https://www.govbooks.com.tw
法律顧問／毛國樑　律師

總經銷／聯寶國際文化事業有限公司
地址：221新北市汐止區康寧街169巷27號8樓
電話：+886-2-2695-4083
傳真：+886-2-2695-4087

出版日期／2023年8月　BOD一版　定價／280元
ISBN／978-626-97190-5-1

秀威少年
SHOWWE YOUNG

讀者回函卡

國家圖書館出版品預行編目(CIP)資料

搖錢樹人小金/姚念廣著. -- 一版. -- 臺北市：
秀威少年, 2023.08
　　　面；　公分. -- (兒童.童話 ; 7)
　國語注音
　BOD版
　ISBN 978-626-97190-5-1(平裝)

863.599　　　　　　　　　　　112007707

天賦的框架框不住渴望邁進的靈魂，
「熱血奶爸」姚念廣帶領孩子認識自己、克服恐懼！

樹人族每隔五千年才會誕生一個搖錢樹人寶寶，直到成年可以控制自己的能力之前，頭頂上隨時會掉落閃亮亮的金幣，容易引來危險。爸爸媽媽為了保護小金，搬到深山過著隱居的生活。但是常常，小金想像著外面的世界——
大海是什麼樣子呢？冰淇淋又是什麼滋味呢？

有一天小金忍不住偷偷溜出深山，卻遇到了貪婪的盜賊。小金越是害怕地逃命，頭上的金幣越是不受控地掉落一地，令他更加地恐懼自己的能力。幸好騎士米娜瓦救了小金，並和小金約定：
等你學會控制能力，就來找我吧！我請你吃好多好多的冰淇淋

小金下定決心——
我不要再等，我現在就要控制自己的能力！

ISBN 978-626-97190-5-1

9 786269 719051   00280

建議分類　繪本

適讀年齡：
有注音，8歲以下親子共讀，
8歲以上自行閱讀。

逃出樹洞

菠菜小姐·文
王譽璇·繪